내 영혼의 태교

구영옥 시집

시詩는
멀리 있지 않아요
여기저기
어디에나 있어요
그냥 데려올 수 있답니다

마음에서
소리가 되고 기쁨이 되어
다시 태어납니다

시는 나의 노래입니다

2023년 12월
구영옥 Cecilia

CONTENTS

내 영혼의 태교

■ 시인의 말

마흔아홉 번
01

저 바람 소리

저 바람 소리
창을 닫으면 멀어질 줄 알았는데
노래가 되어 자꾸만 나를 흔듭니다

이제
내 마음속에도 바람이 붑니다

나를 흔드는 그대
누구인가요

증언목 證言木

그대와 나는 서로에게
사랑한다고
한마디 말도 못 했다

아무에게 말하지 못한 그 말
당신이 있는 곳으로 가는
버스를 기다리며
정류장 앞
그 나무에게 말했다.

비명횡사
-유리창의 빗방울

안간힘을 쓰다가,
기어이 떨어지고 말았네

흙 속으로 숨었구나
보이지 않네

다시 보석처럼 맺히는 빗 물방울
주르륵
다투어 떨어진다
땅속으로

어디로 갔나?
아 소리 없는 비명횡사

단팥빵과 그 남자

친구와 나는 제과점에서
우유 두 잔에 단팥빵 두 개를 시켜놓고
깔깔거리며 수다를 떨고 있었다.

한 남자가 말을 걸어왔다.
"옆에 좀 앉아도 되나요?"

어쩔 줄 몰라 단팥빵은 채 먹지도 못하고
도망치듯 빵집을 나왔다.
귀볼이 빨갛게 달아오르고 턱에 숨이 찼다

친구가 말했다.
"우리 좀 바보 같지 않니?
앉아도 된다고 했으면
빵값은 그 남자가 냈을 텐데..." 깔 깔 깔

왠지 손해 본 것 같은 그 날, 단팥빵 두 개

울 엄마와 물동이

아침이면 동네 우물가에 물을 길으러 다니셨던 울 엄마
찰랑찰랑 넘칠 듯이 우물물을 길어 올리시고
쏟아질까봐 물동이 속에 바가지를 엎어서 이고는
종종걸음으로 집에 오셨다.

동지섣달 우물가에 살얼음 끼던 어느 아침
여섯 살 이었던 나는
엄마 치맛자락 붙잡고 우물가로 가시는
엄마를 따라나섰다.

물을 길어 올리시는 엄마를 빙빙 돌며
바닥이 다 닳은 낡은 고무신을 신고 살얼음판을
뛰어다니다 그만 사고를 치고 말았다.
우물물을 가득 채운 엄마의 양철 물동이를 덮쳐
그만 넘어지고 말았다.
우물가는 그야말로 아수라장
어찌나 놀라고 겁이 났던지
나는 우선 울음보부터 터트렸다

솥뚜껑만 한 엄마의 손바닥이 내 엉덩짝을
사정없이 후려칠 것으로 생각했지만
나보다 더 놀란 울 엄마
토닥토닥 "괜찮아 괜찮아"
울고 있는 나를 감싸 안고 꽁꽁 언 내 두 손을
품속에서 데워내시던 그날 울 엄마

엄마,

아프지만 말거라

어스럼 내리는 저녁이면
모락 모락
지붕위로 연기가 피어오르던 기억 속에
함께 떠오르는 얼굴

잔병치레로 밤 잠 설치시며 키워내신 막내딸
당신이 늘 내게 하시던 말씀은
"그저 아프지만 말거라"

병원 들락거리기를 한 달 중에 반
이제 낼모레면 내 나이 어느덧 팔순이네

더욱 생각나는 그 목소리
메아리가 되어 들려옵니다

"그저 아프지만 말거라"

오빠 생각

오빠가 키우시던 난蘭 화분을 집에 안고 왔습니다.
난蘭은 한결같이 바르고 고고한 자태로 서 있습니다.

어느 날 꽃대가 올라오더니
새하얀 꽃봉오리 세 개가 얼굴을 내밀었답니다.
은은하고 그윽한 향이 온 집안을 휘돌았습니다.
난蘭향은 아마도 오빠의 향기인듯 합니다
오빠는 10년의 나이 차이 때문인지
막내인 저를 유독 아껴주셨답니다.

과자가 귀했던 시절
과자 한 봉지를 슬그머니 내방에 두고 나가기도 하셨고
어느 해 인가 명절엔
빨간 다후다 블라우스와
꽃무늬가 그려진 옥양목 치마 한 벌을 "입어보래이"
하시며 나직한 목소리로 방안으로 밀어 넣어 주시던
오빠였습니다.

한동안 그윽한 향을 뽐내던 난蘭꽃에 코를 갖다 대니
난향이 어디로 사라졌는지 없어지고 말았습니다
피어있을 때는 그리 그윽한 향을 선물하더니 꽃이 질 때는
소리도 없이 화분 속으로 거름이 되어버렸네요
나도 훗날 오빠의 난처럼 고고한 향기를 품으며 살다
떠날 때는 내가 사랑하는 이웃 사람들 가슴에 거름이 되어
추억의 향기로 남고 싶습니다

한 해를 기다리면 난蘭꽃은 다시 피겠지만
오빠의 기억이
계절을 기다린 시간만큼 더 희미해질까 안타깝습니다.

사랑초

밤이면 접었다 한낮에는
온몸을 펼쳐 사랑의 날갯짓을 한다

뜨거운 햇볕 아래
빨갛다 못해
자색의 얼굴을 태우고도 또 태우며
붉은 몸짓을 한다
사랑은 태우는 것이라고

나도
화단 앞에 쪼그리고 앉아
그 붉은 자태를
한참 들여다본다
사랑은 기다리는 것이라고

뜨거운 볕에 쫓기듯
그늘을 찾아 들어와 앉아버렸다

풀포기보다 못한 나의 인내심

사랑은 인내하는 것

사랑은 견뎌내는 것이라고

손끝의 기도

마음이 부평초 같을 때
나는 너를 찾는다.

예리한 칼날의 끝이 뭉툭한 몸통을 깎아내려도
너는 고분하게
한 줄 한 줄 말 없이 글을 채워가네

너를 통해 피어나는 내 마음의 향기
사각거리는 고통의 시간을 지나
너의 흔적들은
나에게 기쁨이 되는구나

너를 통해 노래가 되는 내 삶의 소리
너는
내 작은 손끝의 기도

그리움

구름은 너무 높아

그래도 나는 가끔
너를 올라타고 하늘을 날고 싶었어

이상하지?
내가 너를 찾을 때면
너는 왜 사라지고 없을까?

마음의 수첩

길을 물었다.
일러준 대로 단숨에 찾아낸 그곳

친절한 안내가 표지판 같았던
이름 모를 그 사람

내 마음의 수첩에 적어넣었다.

비 젖은 책가방

작은 슈퍼를 하며 살던 때였습니다
아들은 초등학교 3학년

흠뻑 비에 젖어 울먹이며 들어왔습니다
"어머니, 나만 비 맞고 왔어요.
친구들은 엄마가 마중 와서 같이 우산 쓰고 가는데.."

먹고 사는데 바빠 비 오는것도 몰랐구나

손등으로 두 눈을 쓱 쓱 부비며 언제 울었냐는 듯
아들은 어느새 웃고 있었어요

하늘은 말갛게 개어 있었지만
내 마음은 젖은 책가방과 함께
울고 있었습니다.

토마토 이야기

올망졸망 매달린 어린 토마토를 보네

동무들과 토마토 밭에서 놀고 있을 때였어
지나가던 할배가 "뭐가 그리도 재밌냐?" 하시고는
머리를 쓰다듬어주셨지

조롱조롱 매달린 아기 토마토를 보네
안간힘을 쓰며 매달려 있네
칙칙폭폭
기차놀이하던
동무 생각나네

푸른 하늘 내 아들

세 살 난 아들 등에 업고
누런 고무대야에 장을 보아 머리에 이고 돌아오던 길
"아이쿠 허리야" 허리를 길게 펴면
등에 업힌 내 아들 고사리 같은 손으로 내 어깨
조물 조물 만지며 하던 말
"빨리 커서 엄마 허리 주물러 드릴게요" 했지
아들 나이 어느덧 마흔일곱
사는게 아무리 힘들어도
우리 아들 얼굴 한 번 보고 나면 힘이 솟았지
그때 올려다본 그 하늘은 어찌 그리도 파랬는지
지금도 눈 감으면 열리는 파아란 하늘
내 아들 얼굴 닮은 하늘

풀꽃

인적 드문 길가에 피어있는 작은 풀꽃

옹아리하듯
웃고있는 네 모습 들여다보다
그만 가던 길 발걸음 멈추고 말았네

하나 둘 떠오르는 기억 속으로 자꾸 걸어가네
이 마음 어쩐다지

02 그대 이 밤도 잘 이뤄요

거들짝

꽃피는 춘삼월,
맨몸으로 세상에 태어난 나
어머니가 입혀주신 새하얀 배냇저고리 한 벌이
최초의 내 것이었네

태양 같은 열정의 사람을 만나
가을 잎 붉게 물들 때
우리는 서로의 거들짝이 되었지만
시간이 흘러
한 이불 속 타인이 되고
온 마음으로 키워낸 내 자식들
또 한 내 것은 아니었네

하늘도, 구름도
천지에 넘치도록 피어난
주인 없는 들꽃마저
그저 멀리서 바라만 볼 뿐
내 것이라 이름할 수는 없었다네

계절의 흔적이 남기고 간
낙엽 한 장 들여다보며 생각하네
이제 이것이 내 것이던가.

* 거들짝 : 성경의 'suitable helper'로 직역하면 적절한 도우미라는 뜻

몽돌의 노래

파도와 물보라 속을
비명으로 뒹구는 저 작은 아우성
진종일 뭍에서 바다로
다시 뭍으로
비명으로

숱한 고통의 날들을 보내며
몽글몽글 모난 각을 깎아 내기까지
얼마나 긴 시간을 지나왔나?
제 살을 깎는 아픔을 견디고 인내하며
견뎌낸 세월을 지나
이제
하나의 반짝임으로
하나의 침묵으로
모난 세월 속 아픔을
찬란히 노래하고 있구나

걷어 올린 치맛자락 밑으로

반기듯 다가와 안겨드는 하얀 파도

너를 닮고 싶은 간절함으로

저 고요 속에서 다시 나의 세상으로

선채로 그 자리에 서 있는 나는

얼마나 더 깨어지고 부서져야 너를 닮을까?

추억

나이가 드니 추억도 잊혀집니다.
누군가 추억 속의 얘기를 할 때면
아 참 맞아
그때 나도 그런 일 있었지
고개를 끄덕입니다.
하루하루
나이가 기억을 지웁니다.
추억도 나이가 들어갑니다.

흔적

창가에
키 작은 선인장 한 포기

오늘 아침
선명한 한 송이 꽃으로
하루를 붉게 피워 올린다.

핏빛 같은 꽃잎 사이사이
절규하듯 내밀은 저 붉은 울음

꽃의 이름은
아직도 뽑아내지 못한
내 아픈 사랑의
깊은 흔적

생수 같은 내 편

생각이 시원해서 생수 같은 사람
곁에 있어도 미처 몰랐네
늘 갈증만 났던 나는

크게 눈을 뜨고 바라보네

손안에 생수 한 병
내 마음에 생수 같은
내 편 한 사람

까치 소리

오늘 아침
산수유 꽃 만발한 나무 위로
까치가 유난히도 웁니다
깍 깍 깍 깍
거 참, 울음소리 유난 유난하다

아이들이 오려나
종일을 기다립니다.
복지관 수업도 오늘은 결석합니다
택배 아저씨 초인종 소리로
하루가 다 갔습니다

유난 유난하던 오늘 아침 까치 소리

꽃과 나비

젊을 땐 빈손에 맨발로 걸어도
나는 꽃이었어요.
꽃이 내가 되고
나도 꽃이 되었답니다.

노랑나비 흰나비
나풀 나풀거릴 때면
나는 또 한 마리 나비가 되었어요.

이제
꽃은,
나비는
봄을 지나
여름을 보내고
붉은 가을이 되었어요

나도 낙엽이 되었습니다

바라보며

고개를 들어 저 높은 나무를 쳐다봅니다.
떨어져 내리는 나뭇잎을 따라
내 눈길도 땅으로 떨어집니다.

나무도 나도
그리고 우리도
푸르고 고운 옷 입었을 때가 있었습니다.

시간은 왜 그리도 빨리 지나가던지요
아무리 큰 고목도 세상의 온갖 미물도
훗날 흙이 된다는 것을 알고 있습니다.

사람아 "너는 흙에서 났으니 흙으로 돌아가라"
그 흙에서 다시 어린 나무가 자라고
온갖 꽃들이 피어나 새로운 세상을 다시 시작할 테니

팔매질

누군가 날려 보낸
말의 팔매질에
아파하는 이웃을 보았습니다.

나는 아니겠지 생각하다
누군가의 마음 한구석에 박혀있던 뾰족한
나의 말의 파편들을 보고야 말았습니다.

반성은 후회의 메아리를 안고 돌아옵니다.
내 입속으로 삼킨 말의 아픈 가시는
누구에게 뱉었던 가시 조각이었던가요.

프로필 사진

사진을 들여다보며 아들이 말했다,
"우리 엄마, 참 예쁘네요"
참으로 황홀한 말

자식 눈에 예쁘지 않은 어미가 어디 있을까마는
믿고 싶은 유혹처럼 달다.

식탁에 놓인 사탕 한 알을 입에 넣는다.
하루가 참 달다.

우리 사랑

내가 꽃이고
네가 들풀일 때
너는 촉촉한 이슬이 되어 내 몸을 적셔주었고

네가 갓 피어난 꽃봉오리로 나를 반기고
내가 이름 없는 길섶의 들풀일 때
아름다운 너는 나의 자랑이었다네

우리는 서로에게 기쁨이고 사랑이었다네

어쩌다 고슴도치

내 자식이 하는 짓은 미워도 예쁘다고 하면서
남의 자식이 하면 왜 버릇없다 말했나

편견으로 가득한 나였네

"네 이웃을 네 몸같이 사랑하라"
하신 그 분의 말씀 입으로만 흉내내었네

나도 어쩌지 못할 고슴도치 엄마

꽃 중의 꽃

꽃이 핀다.

점점이 피어나는
검은 개화開化

거울 속의 내 얼굴
탄생의 순간 뿌려놓았던
내 인생의 꽃씨 모종
점점이 꽃을 피우네

노오란 꽃송이

빨래하다 아들의 기저귀 속에서 피어난
노오란 꽃송이를 손으로 떠 올려봅니다.

맑은 냇물에 두둥실 떠내려가는
저 아름답고 향긋한 내 아들의 내음
나이 서른둘에 나를 엄마로 만들어준
아들의 소중한 내음이 내게는 향기롭기만 합니다.

어른이 되어 꽃 같은 짝을 만나더니
이제는 손주들의 고소함까지 묻어나는 꽃을
내게 바칩니다.

나를 할머니로 만들어준
노랗고 고소하고
향기로운 꽃송이

며늘아기

하느님의 선물
꽃보다 어여쁜 우리 며늘아기
한결같은 마음과 웃음

사랑한다고 몇 번이나 되뇌어도 부족한 이 마음
목숨 같은 내 아들 빼앗아갔어도
이리도 어여쁜걸

너희들로 인해 온 집안
밝은 등불이 환하구나

딸이 없어
남의 딸들을 부러워만 했더니
하나도 아닌 둘이나 내게 선물로 보내주신 하느님

성姓이 다른 귀하고 감사한 나의 딸들
며늘아기

새벽길

모두가 잠든 새벽길

혼자였던 길

머리 위로 사르르 내려앉는 나뭇잎 하나

혼자 걷고 있는 내가

외로워 보였던 게지

길 동무가 되어준 고마운 나뭇잎

03 내 영혼의 태교

사랑 저축

주름진 내 얼굴
뒤뚱뒤뚱 삐뚤어진 걸음 뒤에서
"형님" 하고 불러주는 고마운 자매님과
이웃들에게 감사합니다.
사랑 저축 못 한 나는 빈 통장뿐인데
왜 이리 감사의 잔고만 늘어나는 걸까.

멀어지는 것들

노오란 은행잎이
차곡 차곡 가을을 포개고 있습니다.

저만치 미끄럼을 타는
계집 아이의 웃음소리가
내 동무 희야를 닮았네요
나도 모르게 "희야" 라고 부르며 달려가다 멈춥니다.

은행잎 한 장이 바람에 날려갑니다.
가을과 희야와
내 기억들이
사라져가는 쪽으로

기도의 말

어른이 되고 싶었다.

두 손을 모아 기도했지
"하느님, 빨리 어른이 되게 해주세요"

곱게 물들고 싶었다.

루즈를 바르고 하이힐도 신었다.
고왔다
곱게 물들어가는 내가
예쁘다고 했다.

돌아보니 너무 멀다.
이렇게 빨리 올 줄 알았다면
그때 그렇게 기도하지 말 것을

지금도 내 기도를 들어주실까?
"하느님 시간을 멈춰 주세요"

마음의 불을 밝힙니다

마음의 불을 켭니다.

촛농이 흘러내리듯이 눈물이 흐릅니다.
마음의 틈으로 바람이 들어옵니다.
가는 바람에 희미한 촛불이
빠르게 타오릅니다
눈물이 쏟아져 내립니다.

마음에 불을 밝힙니다
연약한 나의 내면을 촘촘히 들여다봅니다
나약한 내가 보입니다
미안하다 말하고 싶습니다.
스스로 만든 아픔을 남의 탓으로 원망했던
지난날들을 고백하고 싶습니다.

실바람이 빠르게 촛불을 태워 버리듯
내면에 도사리고 있던 악습들을 참회의 눈물로
남김없이 태워 버리고 싶습니다.

마음의 불을 밝힙니다

공空

마음의 짐을 꾸려보네

낡고 가벼워진 지갑,
갈수록 어깨가 무거워지는 스웨터들
꾸려야 할 것들은 유통기한을 다해간다

엄마가 들려주시던 옛날이야기
어느 선녀님이 타고 갔다는 두레박이라도
내려오면 좋으련만

하늘 한 번 올려다보네
저곳으로 가는 여권은
어디서 받아야 하나

섭섭이

언제부턴가
마음에 섭섭이가 자주 찾아오면
노인이 되는 거라지요

새벽 운동 나가며 부서져라 문을 닫고 나가는 남편
오랜만에 들어보는 핸드폰 속의 시큰둥한 아들의 목소리
자지러질 듯 울려대는 전화벨 소리
내 나이만 물어보고 뚝 끊어버린 여론 조사원
내일모레면 여든이 되는 내 나이
여론조사에도 아무 도움이 안 되는구나.

날마다 나는 섭섭이가 된다.
누가 뭐래도 영락없는 노인네

세월을 담그며

볕 좋은 가을
장독대 올라 항아리 뚜껑을 열어본다
누렇게 곰삭은 황금빛 된장 냄새가 구수하다.
일 년 치 집안 음식은 된장, 고추장인데
행여 군내 나고 잡벌레 생길까
해마다 마음을 졸이며 들여다본다

팔십을 눈앞에 둔 내 삶의
장독대도 한번 들여다봐야겠다.
다행히 바람도 좋고 볕도 맑다

오늘 저녁상엔
햇살 잘 받은 구수한 된장 몇 숟갈 풀어서
부글부글 황토 뚝배기에
한가득 찌개 끓여 올려야겠다.
잘 익어가는 내 인생의 만찬을 위해

내 영혼의 태교

엄마 될 준비하는 새색시
고운 아가 얻으려고 두 손 모아
기도하는 모습은 꽃보다 아름다워요

자식 위해 정성을 다해 태교하던
나의 지나간 시간이 아련하게 떠오릅니다
가족을 위해 살아온 한평생
나도 이제는 내 영혼을 위해서 기도할 때입니다.

태어난 세상에 감사하고
나를 위해
내 영혼에 고운 빛을 물들여
아름다운 세상 사는 날까지
세상 모든 은인에게 그 빛을 물들이고 싶어요
벌들이 꽃에서 꿀을 나르듯
사랑과 은혜를 나누는
한 마리 꿀벌처럼 살다 가고 싶어요.

마음의 샘

바람이 불더니
먼지가 눈에 들어갔나 보다,
눈물이 흐르네
뺨에도 가슴에도

생각과 마음에
알지 못할 것들이 충동질하면
내 눈 속에 작은 연못이 있나 보다
가끔
눈에서 눈비가 나린다.

뜨개질을 하며

한 올 한 올 뜨개질을 하며
생각들을 모아
아름다운 마음의 옷을 바꿔 입을 준비를 합니다.

봄이 오면 땅속의 쑥과 냉이도
바람과 햇빛을 따라
여문 땅을 헤치고 나올 준비를 하지요

엉킨 실타래를 풀어가며
한 올 한 올 뜨개질을 하듯이
마음의 옷을 짜올립니다

나도 이제
내 영혼의 봄날을 위한
준비를 합니다

방석의자

건강한 몸, 내게도 있었답니다.

피곤할 때면
수북이 밥 한 그릇 비우고
낮잠 한숨 푹 자고 나면 거뜬했었는데
이제는 몸과 마음이
말을 듣지 않습니다.

낡고 삐걱거리는 의자가 된 지 오래된 육신
이제 팔도 다리도 없는
앉은뱅이 방석의자가 되려나 봅니다

백발의 노래

까만 단발머리
새침하던 계집애는 어데 가고
백발의 뒤뚱거리는 할머니가 앉아있네

흰머리는 물감 들이면 덮을 수 있다지만
뒤뚱거리는 걸음, 늙은 다리는 어쩌질 못하네

윙, 바람소리에 놀라
저 만치 날아가는 시월

새침하던 단발머리 그 계집애는 어데 가고
백발의 머리카락만 거리에 흩날리네

이웃

인사를 먼저 하니 이웃이 생기고
대화를 나누면 생각이 같아지고
취미를 함께하니 친구가 되는 것을
나는 왜 이리도 늦게 알았을까

불꽃이 다하면

얼마 남지 않은 심지를 드러내놓고
안간힘을 다해 타고 있다.
촛농이 모두 녹아내리고 나면
저 밝은 불꽃도 꺼질 텐데

어쩌나
내 어둠은
누가 밝혀줄까

황혼의 마술사

종이를 입으로 먹고
코로 연기를 뿜어내며
웃음과 박수를 받기 위한 혼신의 저 몸짓

마치 서커스를 하듯 매일매일을
살아가는 우리네 인생도
되새김질해보면
우리도 어쩌면 저 마술사와 같다네

너도 나도
우리 모두
인생 줄타기를 하는 황혼의 마술사

명도대학 교가

구영옥 작사
윤용선 작곡
(2007.8.15)

1. 지 나 온 세 월 들 이 훈 장 으 로 남 아 ~ 서
2. 하 느 님 자 ~ 녀 라 기 쁘 게 자 랑 하 ~ 고

얼 굴 엔 주 름 가 ~ 득 가 슴 속 엔 아 픔 들 ~ 이
평 화 를 가 득 담 ~ 아 자 녀 에 게 사 랑 주 ~ 는

주 님 말 ~ 씀 성 경 안 ~ 에 모 두 가 치 유 되 ~ 는
참 부 모 ~ 로 살 아 가 ~ 세 세 상 걱 정 하 나 없 ~ 는

이 곳 은 사 랑 꽃 피 는 명 도 대 학 교
이 곳 은 찬 미 넘 치 는 명 도 대 학 교

- 울산야음성당

평설 評說

단순 명료한 시 詩의
비범한 이미지

단순 명료한 시詩의 비범한 이미지

이일기李—基

시인, 계간 「문학예술」 발행인, 주간
한국문학예술가협회 회장

필자는 시를 쓴답시고 시로詩路를 걸어온 지 어언 예순 해가 지났다.

또 그런 시의 길을 걸어오면서 시인들의 시 해설집도 여러 권 펴낸 바 있으나 아직도 명쾌하게 풀어지지 않고 있는 몇 가지 의문들이 남아있다.

그런 의문 가운데 하나는 시에 있어 그 이해를 돕는 평설이나 또는 해설 같은 것이 과연 가능한 것인가 하는 점이다.

여기에서 「문학예술」을 통해 한국 시단에 등단한 '구영옥' 시인의 시집에 수록된 많은 시를 운위한다는 점에서도 더욱 그러하다.

각설하고 구영옥의 시는 비교적 단순 명료한 것이 특징으로 보인다.

현재 우리 시단의 시를 보면 읽어도 읽어도 무슨 뜻과 의미를 지니고 있는지 알 수 없는 시들이 대부분이다. 그래서 요

즘 시를 사랑하고 시를 읽는 독자가 날로 줄어들고 있다는 평이 많다. 심지어는 시를 쓴 시인 자신이 자신의 시를 이해하지 못하는 경우가 허다하다는 비판도 적지 않다.

구영옥의 여러 시편 가운데 단순하면서도 그 이미지가 명료한 시 중의 「그리움」을 먼저 보고자 한다.

구름은 너무 높아

그래도 나는 가끔
너를 올라타고 하늘을 날고 싶었어

이상하지?
내가 너를 찾을 때면
너는 왜 사라지고 없을까?

옛 시에도 '살아 그려야 옳으랴, 죽어 잊어야 옳으랴. 살아 그리기도 어렵고 죽어 있기도 어려워'라고 했듯 이 시인은 그리움을 가리켜 '구름은 너무 높이' 있어 오르고 닿기가 어려움을 표현하고 있다. 그리움의 표현에 대한 이 시는 시인의 그리움에 대한 시적 기교가 돋보이는 대목이다.

그리움은 하늘 위의 높은 구름처럼 닿기가 불가능한 거리에 있는 실체다. 그래서 시인은 '너를 올라타고 하늘을 날고 싶었어'라고 염원해 보지만 '이상하지?' 내가 너를 찾을 때면 언제 어디서든 그리움의 '너는 왜 사라지고 없을까?' 하며 시적 화자는 탄식한다.

여담이지만 옛 사상가는 그리움을 가리켜 '우리가 쫓겨나지 않아도 되는 유일한 낙원은 그리움'이라고 했었다.

다음은 이 시집에 담겨있는 여러 작품 가운데 시인의 체취가 물씬 풍기는 작품 중 하나가 「마음의 붉을 밝힙니다.」이다.

마음의 불을 켭니다.

촛농이 흘러내리듯이 눈물이 흐릅니다.
마음의 틈으로 바람이 들어옵니다.
가는 바람에 희미한 촛불이
빠르게 타오릅니다
눈물이 쏟아져 내립니다.

마음에 불을 밝힙니다
연약한 나의 내면을 촘촘히 들여다봅니다
나약한 내가 보입니다
미안하다 말하고 싶습니다.
스스로 만든 아픔을 남의 탓으로 원망했던

지난날들을 고백하고 싶습니다.

실바람이 빠르게 촛불을 태워 버리듯
내면에 도사리고 있던 악습들을 참회의 눈물로
남김없이 태워 버리고 싶습니다.

마음의 불을 밝힙니다

위의 시는 시인의 가식 없는 자신의 진실을 독백 형태로 쏟아놓은 고백서와 같은 시편이라 하겠다.

이 시의 표제가 말해주고 있듯이 '마음의 불을 밝힙니다.'로 서두를 열고 있다.

이 「마음의 불을 밝힙니다.」라는 시 속에서 여러 차례 동의 반복의 형태로 매우 강조하고 있음을 알 수 있다.

이 시의 첫 연은 마음의 불을 밝힘에 밝아진 진실의 마음은 곧 눈물이 되어 흐름을 보게 된다.

둘째 연은 마음의 불을 밝힘으로써 시인의 태생적 연약한 내면세계가 밝아진 마음을 통해서 스스로 돌아보는 자아의식의 개안開眼을 우리는 이 시의 둘째 연에서 읽을 수 있다. 마음의 불을 밝힘은 여태 모르고 지나온 자신의 나약한 결함과 나아가 자신이 모든 사람에게 미안했던 지난날의 잘못과 남 탓으로 원망했던 지난날을 지우려는 회환을 시로서 표출하고 있다.

이 시의 마지막 연에서 자신의 '내면에 도사리고 있던 악습들을 참회의 눈물'로 자성하는 자신의 결의를 마음의 불을 밝힘으로 이뤄내는 모습을 이 시를 통해 읽게 된다.

다음으로 이 시집을 통해 주목되는 시 편 가운데 「저 바람 소리」를 빼놓을 수 없다.

저 바람 소리
창을 닫으면 멀어질 줄 알았는데
노래가 되어 자꾸만 나를 흔듭니다.

이제
내 마음속에도 바람이 붑니다.

나를 흔드는 그대
누구인가요

우리는 위의 시를 통해 먼저 바람의 존재에 대한 인식을 재정립해 보게 된다. 바람은 무색무취의 그 형상이 없는 존재이다. 그런 점에서 바람은 인간에게 신비스러운 존재이기도 하다. 바람은 언제 어디서든 움직임을 통해서만 그 존재를 확인할 수 있다, 그리고 바람은 자신의 존재를 다른 사물을 통해서만 나타낼 수 있는 특이한 존재이다.

한 개의 나뭇잎이나 새의 깃털을 만났을 때 바람은 그 존재가 드러난다. 이 시에서 보듯 바람은 창을 통해 그 바람의 존재를 인식하게 된다. 그러나 시인의 시에서는 닫힌 창에서도 바람 소리가 들린다. 이런 바람의 소리는 다름 아닌 시인의 내면세계에서 일고 있는 바람의 존재를 말해주고 있다.

창문을 닫아도 들리는 바람 소리는 시인의 가슴속에서 노래가 형상화되어 시인의 가슴을 흔들고 있다. 보이지도 않고 볼 수도 없으면서 '자꾸만 나를 흔드는 바람'은 한 사람이 대상일 수도 있고 지워지지 않고 일어서는 그리움일 수도 있으며 나아가 시인만이 지닌 '간절한 소망'일 수도 있다. 그런 점에서 시인이 남몰래 깊이 품고 있는 꿈의 바람은 멈추지 않고 시인의 마음속에도 바람이 불고 있음을 이 시에서 읽게 된다.

한정된 지면에서 마지막 한 편의 시를 골라 언급하고자 하는 작품은 평범한 듯하나 그 표제나 시의 이미지가 비범한 작품이다.

꽃피는 춘삼월,
맨몸으로 세상에 태어난 나
어머니가 입혀주신 새하얀 배냇저고리 한 벌이
최초의 내 것이었네

태양 같은 열정의 사람을 만나

가을 잎 붉게 물들 때

우리는 서로의 거들짝이 되었지만

시간이 흘러

한 이불 속 타인이 되고

온 마음으로 키워낸 내 자식들

또한 내 것은 아니었네

하늘도, 구름도

천지에 넘치도록 피어난

주인 없는 들꽃마저

그저 멀리서 바라만 볼 뿐

내 것이라 이름할 수는 없었다네

계절의 흔적이 남기고 간

낙엽 한 장 들여다보며 생각하네

이제 이것이 내 것이던가

※ 거들짝 : 성경의 'suitable helper'로. 직역하면 적절한 도우미라는 뜻

    우리는 이 시인의 시에서 인간이 지닌 원초적 소유 욕망과
그 욕망으로 하여 얻어지는 상실의 허무와 허탈을 이 작품을
통해서 일깨우게 된다. 인간이면 우리 모두가 떨쳐버릴 수 없
는 소유 욕망은 인간만이 지니는 당연한 탐욕으로 불리고 있

지만, 그 탐욕의 결과가 얼마나 허무하고 허탈에 빠지게 하는 것인지를 시인은 독특한 시작詩作의 기법으로 그 결과를 잘 보여주고 있다.

'태양 같은 열정의 사람' '온 마음으로 키워낸 내 자식들' 심지어는 자연의 '하늘도, 구름도/ 천지에 넘치도록 피어난/ 주인 없는 들꽃마저/ 그저 멀리서 바라볼 뿐' 내 것이란 없다는 시인의 노래는 인간은 결국 떨어지는 '낙엽 한 장'의 존재에 불과하다는 시인의 예지로운 인생 관조가 놀랍기만 하다. 시인이란 모두가 인생과 자연의 관조를 통해 삶의 이치와 진리를 시로써 세상에 씨앗을 뿌리는 존재임을 구영옥 시인의 시를 통해 새삼 일깨워진다.

시란 일반적 이상의 한계를 지닌 신성한 본능의 결과물이며 비범한 영감의 결실이기도 하다. 시는 시인의 노고와 열정에 의해 이뤄진 결과의 값진 열매라는 점에 동의하면서 필자는 평소 시를 생각할 때마다 저 유명한 A.단테가 「신곡」에서 읊은 시구를 자주 떠 올리곤 한다.

이 산을 오르려는 자, 골짜기에서 큰 괴로움을 만나리
그러나 올라감에 따라
고통은 덜어지리라

모든 시인의 시를 쓰는 과정에서 노력도 이와 같은 것이 아닌가 생각하며 구영옥 시인의 시작詩作도 이런 과정을 통해서 시가 이뤄졌으리라 생각할 때 시인의 한 사람으로서 감히 격려의 박수를 보낸다.

한국문학예술원 문예선 005

내 영혼의 태교

인 쇄 일	2024년 1월 15일
발 행 일	2024년 1월 20일

지 은 이	구영옥
펴 낸 이	백경미
펴 낸 곳	한국문학예술원
인 쇄 처	바니디자인(주)
	울산광역시 남구 번영로 152 Tel.(052)276-6687

한국문학예술원
사)교육과학기술부 비영리법인 제55호

출판등록	제 370-2024-000001호
주 소	울산광역시 남구 번영로201번길 39, 1층 3호(신정동)
전 화	052) 256. 0969
팩 스	052) 937 0323
이 메 일	mayflower100@hanmail.net

ISBN 979-11-986184-1-2 (03810)
10,000원